HÉSIODE ÉDITIONS

ARTHUR CONAN DOYLE

La Maison vide

Hésiode éditions

© Hésiode éditions.

1 rue Honoré - 93500 Pantin.
ISBN 978-2-38512-170-9
Dépôt légal : Janvier 2023

Impression Books on Demand GmbH

In de Tarpen 42
22848 Norderstedt, Allemagne

La Maison vide

Au printemps de l'année 1894, la population de Londres, et spécialement la haute société, fut jetée dans la consternation par le meurtre de l'honorable Ronald Adair, qui se produisit dans des conditions aussi extraordinaires qu'inexplicables. Le public connaît déjà toutes les circonstances du crime, telles quelles résultent des recherches de la police ; cependant, dans cette affaire, bien des détails furent omis, les charges relevées en vue de la poursuite du ou des coupables étant suffisamment fortes pour qu'il fût inutile de mettre en avant tous les témoignages. Près de dix ans se sont écoulés, et c'est aujourd'hui seulement que je puis combler ces lacunes et compléter les anneaux de cet enchaînement de faits si intéressants. En lui-même, le crime était de nature à passionner, moins cependant que les faits extraordinaires qui suivirent et me causèrent le choc le plus violent, la surprise la plus vive de ma vie aventureuse. Même maintenant, après ce long intervalle de temps, je frissonne encore à ce souvenir, et je ressens de nouveau ce flot soudain de joie, d'étonnement, d'incrédulité qui inonda mon esprit. Les lecteurs, qui ont suivi avec quelque complaisance les aperçus que je leur ai parfois soumis sur les pensées et les actions d'un homme très remarquable, ne me blâmeront pas si je ne leur ai pas fait plus tôt connaître ce que je savais : j'étais lié par la défense absolue qu'il m'avait faite et qu'il a levée seulement le 3 du mois dernier.

Vous devinez sans doute que mon intimité étroite avec Sherlock Holmes m'avait donné un goût des plus vifs pour l'étude des causes criminelles, et qu'après sa disparition, je ne manquais jamais de lire avec le plus grand soin les problèmes variés que la presse soumettait au public. Plus d'une fois, avec peu de succès, d'ailleurs, j'essayai, pour mon plaisir personnel, de me servir de ses méthodes pour aboutir à des solutions. Aucun crime cependant ne m'avait frappé autant que le meurtre de Ronald Adair. Comme je lisais les témoignages recueillis dans l'enquête, qui avait donné lieu à un verdict d'assassinat contre un auteur ou plusieurs auteurs inconnus, je compris, plus clairement que jamais, la perte que la société avait faite par la mort de Sherlock Holmes. Certains détails de ce drame étrange, auraient, j'en suis sûr, appelé tout spécialement son attention, et les efforts de la police eussent été secondés, ou plus probablement dépassés, par les observations expérimentées et l'esprit subtil de cet homme, le plus fort détective de l'Europe. Toute la journée, en faisant mes tournées de médecin, je retournais cette affaire dans mon imagination sans trouver aucune explication plausible. Au risque de répéter une histoire déjà trop commune, je vais rappeler les faits tels qu'ils ressortaient de l'enquête.

L'honorable Ronald Adair était le second fils du comte de Maynooth, à cette époque gouverneur d'une des colonies australiennes d'où sa mère était revenue en Angleterre pour y subir l'opération de la cataracte ; cette dame, son fils Ronald et sa fille Hilda, habitaient ensemble à Londres, 427, Park Lane. Le jeune homme était reçu dans la meilleure société et on ne lui connaissait ni ennemis, ni vices particuliers. Il avait été fiancé à miss Edith Woodley, de Carstairs, mais les fiançailles avaient été quelques mois auparavant rompues d'un mutuel accord ; rien ne permettait de croire que cet événement eût laissé derrière lui des regrets profonds. Au demeurant, l'existence du jeune homme se passait dans un cercle étroit et normal, car il avait des habitudes régulières et sa nature était plutôt froide. Ce fut pourtant sur la personne de ce jeune et indifférent aristocrate que la main de la mort s'appesantit, sous une forme étrange et inattendue, entre dix heures et onze heures vingt minutes, dans la nuit du 30 mars 1894.

Ronald Adair aimait les cartes et jouait continuellement, mais jamais gros jeu. Il faisait partie des cercles de Baldwin, Cavendish et de la Bagatelle. Il fut établi que le jour de sa mort, après une première partie dans l'après-midi, il avait fait un rob au whist à ce dernier club, à la suite de son dîner. Les témoignages de ceux qui avaient joué avec lui : Mr. Murray, sir John Hardy et le colonel Moran firent connaître qu'au whist, les jeux avaient été sensiblement égaux de part et d'autre. Adair avait pu perdre cinq livres sterling, mais pas davantage ; sa fortune étant considérable, une telle perte n'avait pu, en aucune façon, lui tenir au cœur. Il avait joué presque tous les jours à l'un ou l'autre de ces trois cercles ; c'était un joueur prudent et plutôt heureux. Il fut même démontré que, quelques semaines auparavant, ayant comme partenaire le colonel Moran, il avait gagné jusqu'à quatre cent vingt livres sterling dans une seule séance contre Godfrey Milner et lord Balmoral.

Le soir du crime, il était rentré du cercle à dix heures précises. Sa mère et sa sœur passaient la soirée chez une parente. La servante déclara qu'elle l'avait entendu entrer dans la pièce du deuxième étage, qui lui servait de cabinet et donnait sur la rue. Elle y avait auparavant allumé le feu ; comme la cheminée fumait, elle avait ouvert la fenêtre. On n'avait entendu aucun bruit dans l'appartement jusqu'à onze heures vingt, heure à laquelle rentrèrent lady Maynooth et sa fille. Désirant lui dire bonsoir, sa mère avait essayé de pénétrer dans la chambre, mais la porte était fermée à clef à l'intérieur, et ses appels étaient restés sans réponse. Elle appela à l'aide et fit enfoncer la porte. Le malheureux jeune homme était étendu près de la table, la tête affreusement fracassée par une balle explosive de revolver ; l'arme n'était pas dans la pièce. Sur la table, se trouvaient deux bank-notes de dix livres chacune et dix-sept livres, dix schellings en or et argent placés en piles de diverses sommes. Sur une feuille de papier, quelques chiffres étaient tracés en face de noms d'amis du cercle, ce qui pouvait faire croire qu'au moment de sa mort il était en train de faire la balance de ses comptes de jeu.

Un examen minutieux des faits ne fit que rendre l'affaire plus compliquée. Il était tout d'abord difficile d'établir le motif pour lequel le jeune homme avait ainsi fermé sa porte. On pouvait admettre que c'était l'assassin qui avait donné le tour de clef et avait ensuite disparu par la fenêtre, mais il serait tombé d'au moins vingt pieds au milieu d'un massif de crocus en pleine floraison, situé juste au-dessous ; or, ni les fleurs, ni le terrain ne semblaient foulés, pas plus qu'on ne trouvait de marques de pas sur la plate-bande de gazon qui séparait la maison de la rue. C'était donc apparemment le jeune homme qui avait lui-même fermé la porte. Comment alors avait-il trouvé la mort ?... Il était impossible de grimper jusqu'à la fenêtre sans laisser de traces. En admettant qu'on eût pu tirer par la fenêtre ouverte, il eût fallu un tireur remarquable pour l'atteindre avec un revolver, et lui faire une pareille blessure ; enfin, Park Lane est un endroit très fréquenté et, à cent mètres de la maison, se trouve une station de voitures. Personne n'avait entendu de coup de feu, et pourtant il y avait là un cadavre et une balle de revolver dont le sommet, en forme de champignon, avait produit cette horrible blessure qui avait dû causer une mort instantanée. Telles étaient les circonstances du mystère de Park Lane, que venait encore compliquer l'absence totale de mobile, puisque, ainsi que je l'ai dit, on ne connaissait à la victime aucun ennemi et que l'argent ou les valeurs se retrouvaient intacts dans l'appartement.

Durant toute la journée, j'avais retourné tous ces détails dans mon esprit, essayant de trouver une hypothèse qui pût tout concilier et de découvrir la « ligne de moindre résistance » laquelle, m'avait déclaré mon pauvre ami, devait être le point de départ de toute investigation. J'avoue que je ne pus réussir. Le soir, après avoir traversé le parc, je me trouvai, vers six heures, dans Park Lane, du côté d'Oxford Street ; sur le trottoir, un groupe de badauds contemplant une fenêtre, m'indiqua la maison que je voulais examiner. Un homme de haute taille, très maigre, portant des lunettes bleues, que je soupçonnai fort être un détective en civil, entouré d'un cercle qui se pressait pour l'écouter, était en train de discuter une hypothèse qu'il croyait être la bonne. Je m'approchai aussi près que je pus, mais ses remarques me semblèrent si absurdes que je me retirai dépité. En m'éloignant, je me heurtai contre un homme d'un certain âge paraissant difforme, qui se trouvait derrière moi, et je fis tomber plusieurs des livres qu'il portait. Je me rappelle qu'en les ramassant, je remarquai le titre de l'un d'eux : l'Origine de la religion des arbres, et je pensai que le bonhomme devait être quelque bibliophile qui, soit pour en faire le commerce, soit pour flatter une manie, collectionnait des volumes peu connus. Je voulus m'excuser de l'accident dont j'avais été la cause, mais il était évident que les livres ainsi malmenés étaient des objets précieux aux yeux de leur propriétaire, car, avec un grognement de mépris, il me tourna les talons et je vis son dos voûté et ses favoris blancs se perdre dans la foule.

Les constatations au no 427 de Park Lane n'avaient pu éclaircir le problème auquel je m'attachais si vivement. La maison était séparée de la rue par un mur peu élevé, surmonté d'un grillage ; le tout n'avait pas plus de cinq pieds de haut. Il était par conséquent très facile à n'importe quelle personne de pénétrer dans le jardin ; la fenêtre, toutefois, était absolument inaccessible : aucune gouttière, aucune saillie ne pouvait permettre à l'homme le plus agile de l'escalader. Je retournai sur mes pas vers Kensington, plus embarrassé que jamais. J'étais à peine entré dans mon cabinet, que ma femme de chambre vint me dire qu'une personne demandait à me voir. Quel ne fut pas mon étonnement de me trouver face à face avec le vieux bibliophile à l'aspect bizarre, à la face maigre et anguleuse encadrée de cheveux blancs, lequel tenait sous son bras droit une pile d'une douzaine de ses précieux volumes.

– Vous êtes étonné de me voir, monsieur ? dit-il d'une voix étrangement coassante.

Je convins de ma surprise.

– Eh bien, monsieur, je suis un honnête homme, et quand, par hasard, je vous ai vu entrer dans cette maison-ci, je vous ai suivi clopin-clopant en pensant à part moi : « Je vais entrer chez ce brave gentleman et lui dire que, si j'ai été quelque peu brusque dans mes manières, je ne voulais cependant pas être impoli envers lui ; que je le suis, au contraire, fort obligé d'avoir bien voulu me ramasser mes livres. »

– Vous faites vraiment trop de cas d'une chose sans importance, lui dis-je. Puis-je vous demander comment vous avez su qui j'étais ?

– Eh bien, monsieur, je suis, sauf votre respect, un de vos voisins ; mon petit magasin de librairie se trouve au coin de Church Street et je serais très heureux de vous y voir venir. Peut-être êtes-vous, vous-même un collectionneur, monsieur ? Voici les Oiseaux d'Angleterre, un Catulle, la Guerre sainte… Ce sont de réelles occasions. Avec cinq volumes, vous pourriez remplir cet espace vide qui se trouve au second rayon de votre bibliothèque, car, tel qu'il est, cela paraît manquer d'ordre !…

Cette observation m'amena à incliner la tête en arrière pour regarder la bibliothèque, et quand je me retournai… ô surprise inouïe, prodige inconcevable…, je vis devant mon bureau… souriant… lui-même, mon vieil ami… Sherlock Holmes !!! Je me levai, le regardai pendant quelques instants avec une stupéfaction sans bornes, et (je l'ai su depuis), pour la première et peut-être dernière fois de ma vie, je tombai sans connaissance ; je me rappelle seulement qu'un brouillard m'obscurcit les yeux. Quand je revins à moi, j'avais mon col défait et sentais encore le goût du cognac sur mes lèvres. Holmes était penché sur mon fauteuil, tenant une petite gourde à la main.

– Mon cher Watson, dit cette voix que je connaissais si bien, je vous dois mille excuses, mais je ne pouvais soupçonner que je vous produirais un tel effet.

Je lui saisis le bras.

– Holmes ! m'écriai-je, est-ce réellement vous ? Se peut-il que ce soit vous ? Est-il possible que vous ayez pu sortir vivant de cet épouvantable abîme ?

– Attendez un instant, dit-il, croyez-vous être assez remis pour parler de ces événements ? Mon apparition dramatique et inutile vous a causé une si violente impression ?

– Je suis tout à fait rétabli, mais vraiment Holmes, je puis à peine en croire mes yeux ! Bonté divine ! Penser que c'était vous, vous-même, qui vous teniez là, en personne, dans mon cabinet !

De nouveau je le pris par le bras que je sentis à travers la manche de son vêtement aussi maigre et aussi nerveux que jadis.

– Eh bien, au moins vous n'êtes pas un fantôme ! Mon cher ami, comme je suis heureux de vous revoir ! Asseyez-vous et racontez-moi comment vous avez pu sortir vivant de cet abîme.

Il s'assit en face de moi et alluma une cigarette avec sa nonchalance d'autrefois. Il était vêtu de la longue redingote du vieux libraire, mais le reste de son déguisement, consistant en une perruque blanche et son assortiment de livres, était maintenant placé sur la table. Holmes avait l'air plus maigre, l'œil était plus pénétrant que jamais, mais la pâleur de sa figure d'aigle me faisait comprendre que dans ces derniers temps sa santé avait dû être fort éprouvée.

– Je suis heureux de m'allonger, Watson. Ce n'est pas drôle pour un homme de ma taille de paraître petit pendant plusieurs heures. Maintenant, mon cher ami, en matière d'explications, nous aurons, si je puis compter sur votre concours, une nuit de travail pénible et dangereux devant nous. Peut-être vaudrait-il mieux ne vous rendre compte de la situation que lorsque le travail sera terminé.

– La curiosité me dévore, et je préférerais tout connaître dès maintenant.

– Vous viendrez avec moi cette nuit ?

– Quand vous voudrez, et où vous voudrez !

– Alors c'est comme au bon vieux temps ! Nous aurons d'ailleurs le loisir de prendre une bouchée avant de partir… Eh bien !… à propos de cet abîme, je n'ai pas eu beaucoup de difficultés à en sortir, par la bonne raison que je n'y suis jamais tombé.

– Vous n'y êtes jamais tombé ?

– Non, Watson, jamais. Le petit mot que je vous ai fait tenir était absolument véridique. Je ne doutai pas un instant que la fin de ma carrière fût arrivée, quand j'aperçus la figure sinistre du professeur Moriarty me barrant le chemin étroit qui conduisait au salut. Je lisais dans ses yeux gris une volonté inexorable. J'échangeai avec lui quelques phrases de politesse, et j'obtins la permission de vous écrire la courte lettre que vous reçûtes par la suite. Je la laissai avec mon étui à cigarettes et ma canne, puis je marchai le long du sentier avec Moriarty sur mes talons. Arrivé au bout, je m'arrêtai ; quoique sans armes, il se précipita sur moi et me jeta ses longs bras autour du corps ; il comprenait que sa dernière heure était venue, mais il tenait sa vengeance ! Nous chancelâmes ensemble sur le bord du précipice. J'ai heureusement quelque connaissance du « baritsu », autrement dit de la méthode de lutte des Japonais ; j'ai eu à m'en féliciter dans plusieurs circonstances, et cela me permit d'échapper à son étreinte. Poussant un cri terrible, il battit l'air de ses mains, mais, malgré tous ses efforts, il ne put garder son équilibre et il disparut. Penché sur le bord de l'abîme, je suivis sa chute pendant longtemps ; je le vis s'aplatir sur un rocher, rebondir et enfin tomber dans l'eau qui l'engloutit.

J'écoutais avec le plus vif étonnement ces explications que Holmes me donnait tout en lançant des bouffées de sa cigarette.

– Mais les traces ? m'écriai-je. J'ai vu de mes propres yeux, que deux personnes avaient suivi le sentier et qu'aucune d'elles n'était revenue !

– Voici ce qui est arrivé : un instant après la chute du professeur, je compris la chance extraordinaire que la Providence avait mise sur mon chemin. Je savais que Moriarty n'était pas le seul à avoir juré ma perte. Il y avait au moins trois individus désireux de se venger de moi et que la mort de leur chef devait encore surexciter ; ils étaient tous très dangereux, et l'un ou l'autre ne manquerait pas de m'atteindre. D'un autre côté, si tout le monde était convaincu de ma mort, ces hommes se démasqueraient, me donneraient l'occasion de les écraser tôt ou tard, et alors, mais alors seulement, je pourrais faire connaître que j'étais encore au nombre des vivants. Mon cerveau travaillait avec une telle rapidité que toutes ces réflexions s'y succédèrent avant même que le professeur Moriarty eût atteint le fond du précipice de Reichembach.

Je me relevai et j'examinai le mur de rocher derrière moi. Dans votre compte rendu pittoresque de cette histoire, que j'ai lu avec le plus grand intérêt quelques mois plus tard, vous avez affirmé que ce mur était à pic ; ce n'était pas absolument vrai, car il présentait quelques petites aspérités et même un léger rebord. Mais il était si élevé qu'il paraissait inaccessible et, d'autre part, il était impossible, sans y laisser de traces de pas, de revenir par le sentier humide. J'aurais pu, il est vrai, marcher en arrière, ainsi que cela m'était déjà arrivé dans certaines circonstances, mais la vue de trois empreintes dans la même direction eût sans nul doute dénoncé la supercherie. Somme toute, il valait donc mieux risquer l'ascension. Ce n'était pas chose facile, Watson. Le torrent mugissait sous mes pieds ; je ne suis pas pusillanime, mais, je vous en donne ma parole, il me semblait entendre la voix de Moriarty, m'appelant du fond du précipice. Un faux pas et j'étais perdu ! Plus d'une fois, j'arrachai des touffes d'herbes sous mes mains ; plus d'une fois, mon pied glissa sous les saillies humides du rocher. Enfin j'atteignis le sommet où je trouvai un rebord d'une largeur de plusieurs pieds, recouvert de mousse verte fort moelleuse, où je pus sans être vu, m'étendre confortablement. C'est là que je me trouvais tandis que vous, mon cher Watson, et votre suite, étiez en train de rechercher les causes de ma mort avec autant de sympathie que d'insuccès.

Enfin, quand tous vous eûtes acquis une conviction totalement erronée mais inévitable, je vous vis partir pour l'hôtel et je restai seul. J'avais bien cru être à la fin de mes aventures, mais un fait inattendu me montra que l'avenir me réservait des surprises. Un énorme bloc s'écroulant soudain, rebondit, roula auprès de moi, s'abattit sur le sentier et dans le précipice.

Je crus d'abord à un accident, mais, un instant après, j'aperçus, en levant les yeux, la tête d'un homme qui se détachait sur le ciel assombri, puis un autre rocher dégringola à quelques centimètres de moi sur le rebord où j'étais étendu. Je compris sans difficulté ! Moriarty n'était pas venu seul. Un des conjurés (et un coup d'œil m'avait suffi pour me rendre compte combien celui-là était dangereux), avait dû faire le guet tandis que le professeur m'avait attaqué. De loin, sans que j'eusse pu l'apercevoir, il avait été témoin de la mort de son ami et de mon escalade. Il avait attendu, avait pu gagner le sommet du rocher et il essayait de réussir là où son compagnon avait échoué.

Il ne me fallut pas longtemps pour comprendre tout cela, Watson. Je ne tardai pas à revoir ce visage grimaçant qui me guettait du haut de ce rocher, et je compris qu'une nouvelle pierre allait bientôt tomber. Je redescendis aussi vite que je pus sur le sentier, je n'aurais jamais pu le faire de sang-froid, je crois ; c'était cent fois plus difficile que de monter, mais je n'eus pas le temps de songer au danger, car un autre bloc me frôla tandis que je me tenais suspendu par les mains au rebord. À moitié chemin, je glissai… et enfin, grâce à Dieu, tout sanglant et blessé, je me retrouvai sur le sentier. Je pris mes jambes à mon cou et je fis dix milles dans les montagnes en pleine nuit. Une semaine plus tard, je me trouvais à Florence avec la conviction que personne au monde ne savait ce que j'étais devenu.

Je n'eus qu'un seul confident, mon frère Mycroft. Je vous dois bien des excuses, mon cher Watson, mais il était absolument indispensable qu'on crût à ma mort, et, il est certain que jamais vous n'eussiez fait un compte rendu aussi émouvant de ma triste fin, si vous n'aviez été sincère.

À plusieurs reprises, depuis trois ans, j'ai pris la plume pour vous écrire, mais je me suis toujours arrêté de peur que votre affection n'amenât une indiscrétion qui eût trahi mon secret. C'est encore pour ce motif que, ce soir, je me suis éloigné de vous quand vous avez renversé mes livres, car en ce moment même, je courais un danger et la moindre marque de surprise ou d'émotion de votre part, en attirant l'attention sur mon identité, eût pu avoir les résultats les plus funestes et les plus irréparables. Quant à Mycroft, j'étais bien dans l'obligation de me confier à lui afin qu'il pût m'envoyer l'argent dont j'avais besoin. Les événements qui s'étaient passés à Londres n'avaient pas donné les résultats que j'étais en droit d'espérer. Le procès de la bande de Moriarty avait laissé en liberté deux de ses membres les plus dangereux, mes ennemis les plus acharnés. Je voyageai donc pendant deux ans dans le Thibet, et eus le plaisir de visiter Lhassa et de passer quelques jours chez le Grand Lama.

Vous avez peut-être lu le récit des explorations remarquables d'un Norvégien du nom de Ligerson ; certainement, il ne vous est jamais venu à la pensée que vous lisiez les nouvelles de votre ami ! Je traversai ensuite la Perse, m'arrêtai à La Mecque, je fis au khalife de Khartoum une courte et intéressante visite, dont je communiquai le résultat au Foreign Office. Je revins par la France où je passai quelques mois à faire des recherches sur les dérivés du coaltar, et je dirigeai un laboratoire à Montpellier dans le midi de la France. Ayant terminé mes études à ma plus grande satisfaction et apprenant qu'il n'y avait plus à Londres qu'un seul de mes ennemis, j'avais l'intention d'y rentrer quand la nouvelle de l'étrange mystère de Park Lane me fit hâter mon départ. Non seulement cette affaire m'attirait par ses côtés ténébreux, mais elle me parut offrir à mon point de vue personnel certaines particularités.

Je revins immédiatement à Londres et me rendis, sans déguisement à mon logement de Baker Street, où mon apparition causa une violente attaque de nerfs à ma propriétaire, Mrs. Hudson ; je trouvai mon appartement et mes papiers conservés par Mycroft dans l'état où je les avais laissés. C'est ainsi, mon cher Watson, que cet après-midi, à deux heures, je me trouvais allongé dans le fauteuil favori de mon ancien appartement, n'ayant qu'un seul désir, celui de voir mon vieil ami Watson assis dans l'autre comme au temps passé.

Tel fut le roman étonnant qui me fut raconté ce soir d'avril, roman auquel je n'aurais pu ajouter foi s'il n'eût été confirmé par la vue de cette taille grande et mince, de cette physionomie intelligente et vive que j'avais cru ne jamais revoir. Il avait appris sans doute la perte douloureuse que j'avais éprouvée, et sa sympathie se manifestait plus dans ses manières que dans ses paroles.

– Le travail, ajouta-t-il, voyez-vous, mon cher ami, est le meilleur antidote de la douleur, et cette nuit, j'ai du travail pour nous deux ; si le succès nous favorise, il justifiera à lui seul ma présence sur cette terre.

Je le priai en vain de me parler plus clairement.

– Vous entendrez et vous verrez assez avant demain matin ! répondit-il. Nous avons trois années du passé à nous raconter ; que cela vous suffise jusqu'à neuf heures et demie, heure à laquelle il faudra nous mettre en route vers la maison vide.

Je fus bientôt, comme au bon vieux temps, assis à côté de lui dans un handsom, mon revolver dans ma poche et au cœur le frisson de l'aventure. Holmes était froid, sévère et silencieux. Comme les rayons des becs de gaz éclairaient ses traits austères, je vis son front soucieux, ses lèvres minces serrées. Je ne savais pas quelle était la bête sauvage que nous allions chasser dans la jungle noire du Londres criminel, mais j'étais bien convaincu, en voyant l'attitude de ce grand veneur, que l'expédition était très périlleuse, tandis que le sourire sardonique, qui parfois éclairait sa figure sombre, me faisait comprendre le danger couru par celui que nous allions traquer.

Je croyais que nous nous dirigions vers Baker Street, mais Holmes fit arrêter le cab au coin de Cavendish Square. Je remarquai qu'en descendant, il jeta un regard scrutateur à droite et à gauche et qu'à chaque coin de rue, il prit grand soin de s'assurer que nous n'étions pas suivis.

Notre itinéraire était vraiment singulier. La connaissance qu'avait Holmes de tous les recoins de Londres était extraordinaire ; il passa rapidement et d'un pas assuré à travers un dédale d'écuries dont je ne soupçonnais même pas l'existence. Enfin nous débouchâmes dans une petite rue bordée de vieilles et tristes maisons, qui nous conduisit jusqu'à Manchester Street et de là à Blandford Street. Là, il tourna vivement dans une ruelle, poussa une barrière en bois et nous nous trouvâmes dans une cour déserte. Il ouvrit ensuite avec une clef la porte de service d'une maison, qu'il referma derrière nous.

Nous étions dans l'obscurité la plus complète ; il me parut évident que la maison était vide. Nos souliers craquèrent sur le plancher nu, et ma main tendue rencontra un mur sur lequel la tapisserie tombait en lambeaux. Les doigts osseux et glacés de Holmes me saisirent par le poignet, et je me sentis conduire à travers un long vestibule, jusqu'au moment où j'aperçus enfin les vitres poussiéreuses au-dessus de la porte donnant sur la rue. Holmes tourna à droite et nous nous trouvâmes dans une pièce carrée absolument vide, éclairée seulement, au milieu par la lueur de la rue, mais dont les coins étaient restés dans l'ombre la plus épaisse. Aucun bec de gaz ne se trouvait auprès de cette pièce, et les vitres étaient recouvertes d'une épaisse couche de poussière : c'est à peine si nous pouvions distinguer nos silhouettes réciproques. Mon compagnon me mit la main sur l'épaule, et ses lèvres s'approchèrent de mon oreille.

– Savez-vous où nous sommes ? murmura-t-il.

– Sûrement à Baker Street, répondis-je en regardant à travers la fenêtre obscure.

– Précisément, nous sommes dans Camden House qui se trouve exactement en face de notre appartement.

– Et pourquoi sommes-nous ici ?

– Parce que nous avons là une vue superbe sur la maison d'en face. Prenez donc la peine, mon cher Watson, de vous approcher un peu de la fenêtre avec toutes les précautions possibles pour n'être pas vu, et regardez devant vous mon appartement – le point de départ de tant de nos aventures ! Nous allons voir si mes trois années d'absence m'ont enlevé le pouvoir de vous surprendre !

Je m'approchai sans bruit et regardai la fenêtre que je connaissais si bien. Quand mes yeux l'eurent fixée, je ne pus retenir un cri d'étonnement. Le store était baissé ; une lumière intense éclairait la chambre. L'ombre d'un homme, assis à l'intérieur sur une chaise, se détachait sur l'écran lumineux de la fenêtre. Il n'y avait pas à se méprendre sur la pose de la tête, la carrure des épaules et la dureté des traits. Le visage se voyait de trois quarts et produisait l'effet d'une de ces silhouettes noires qui, encadrées, plaisaient tant à nos aïeux. C'était le portrait frappant de Holmes. Je restai tellement stupéfait que je ne pus m'empêcher d'avancer le bras pour m'assurer que l'homme lui-même se tenait toujours à côté de moi. Il était secoué par un rire silencieux.

– Eh bien ? dit-il.

– Grand Dieu ! m'écriai-je, c'est merveilleux !

– Je crois bien que l'âge ne m'a pas encore affaibli, et que mes idées sont toujours aussi variées, dit-il. (Dans sa voix, je sentis l'orgueil et la joie de l'artiste qui assiste à l'une de ses créations.) N'est-ce pas, que c'est bien moi ?

– Je parierais que c'est vous-même !

– Le mérite de l'exécution en revient à M. Oscar Meunier, de Grenoble, qui a passé plusieurs jours à faire le moulage. C'est un buste en cire, que j'ai ainsi disposé cet après midi pendant ma visite à Baker Street.

– Mais pourquoi donc ?

– Parce que, mon cher Watson, j'avais les raisons les plus sérieuses de faire croire à certaines personnes que j'étais là, alors, au contraire, que j'étais ailleurs.

– Vous pensiez donc que votre appartement était surveillé ?

– Je le savais.

– Par qui ?

– Par mes vieux ennemis, Watson, par cette société charmante dont le chef est au fond du précipice de Reichembach. Vous vous rappelez que ces gens étaient les seuls à connaître mon existence ; tôt ou tard, ils pensaient que je reviendrais à mon appartement, aussi eurent-ils soin de le surveiller sans répit et ce matin ils m'ont vu arriver.

– Comment le savez-vous ?

– Parce que j'ai reconnu leur sentinelle en regardant par la fenêtre. C'est un homme qui n'est pas dangereux, lui ; c'est un nommé Parker, un étrangleur de profession et un artiste sur la harpe. Celui-là je n'avais pas à le craindre, mais il n'en était pas ainsi de l'individu redoutable qui le faisait agir et qui avait été l'ami intime de Moriarty, celui qui m'avait lancé du haut de la montagne les blocs de rocher, le criminel le plus rusé et le plus dangereux de Londres. C'est l'homme qui me cherche ce soir, Watson, et il ne soupçonne pas que de notre côté nous sommes sur sa piste.

Peu à peu, je commençais à saisir le plan de mon ami. De cette retraite commode, les guetteurs étaient eux-mêmes guettés et les traqueurs traqués.

Cette silhouette anguleuse était l'appât et nous étions les chasseurs. En silence, dans l'obscurité, nous surveillions tous ceux qui allaient et venaient sous nos yeux. Holmes était taciturne et impassible, mais je voyais bien qu'il se tenait sur le qui-vive et que ses yeux fixaient avidement la foule qui s'écoulait.

La nuit était froide, le vent soufflait avec furie et s'engouffrait dans toute la longueur de la rue. Les passants marchaient rapidement, emmitouflés dans leurs pardessus et leurs foulards. Une ou deux fois, il me sembla apercevoir une figure déjà vue, et je remarquai tout spécialement deux hommes, qui semblèrent se mettre à l'abri du vent sous la porte cochère d'une maison sise un peu plus haut dans la rue. J'essayai d'attirer sur eux l'attention de mon compagnon, mais celui-ci se borna à faire un geste d'impatience et continua d'examiner la rue. De temps en temps, il remuait les pieds et tambourinait sur le mur avec ses doigts. Il était évident pour moi, qu'il se sentait mal à l'aise et que son plan ne se réalisait pas dans les conditions qu'il avait espérées. Enfin, comme minuit approchait et que peu à peu la rue devenait déserte, il se mit à marcher de long en large dans la chambre avec une agitation qu'il ne pouvait vaincre. J'allais lui en faire l'observation quand, levant les yeux vers la fenêtre éclairée, je fus aussi surpris que la première fois ; je saisis Holmes par le bras en lui faisant un signe du doigt.

– La silhouette a bougé ! m'écriai-je.

Et, en effet, nous ne voyions plus le profil ; c'était le dos qui était tourné vers nous.

Les trois années qui venaient de s'écouler n'avaient pas émoussé les aspérités de son caractère, ni son impatience quand il rencontrait une intelligence moins active que la sienne.

– Naturellement elle a bougé, dit-il. Suis-je donc un imbécile, Watson, pour avoir placé un mannequin dont la ruse saute aux yeux, et pour croire que les malfaiteurs les plus habiles d'Europe s'y laisseraient prendre ? Nous sommes dans cette pièce depuis deux heures, et Mrs. Hudson a déjà modifié huit fois la position du mannequin, soit une fois tous les quarts d'heure ; elle le fait par devant de manière que son ombre ne se voie jamais. Ah !…

Il retint sa respiration avec un petit bruit sec. Dans la lumière vague, j'aperçus sa tête qui se pencha en avant dans l'attitude de la plus vive attention. Au dehors, la rue était absolument déserte. Les deux hommes se trouvaient peut-être encore sous la porte cochère, mais je ne les voyais plus. Tout était silencieux et sombre, excepté cet écran lumineux qui se trouvait devant nous et sur lequel se détachait la silhouette noire.

J'entendis de nouveau au milieu du silence ce sifflement qui dénotait chez mon compagnon une excitation puissante. Un instant après, il m'entraîna dans le coin le plus sombre de l'appartement et je sentis sa main sur mes lèvres. Ses doigts tremblaient. Jamais je ne lui avais vu ressentir une telle émotion et cependant la rue était toujours sombre et déserte.

Soudain, je compris ce que ses sens plus subtils avaient déjà distingué. Un bruit sourd, étouffé, me parvint aux oreilles, non pas de la direction de Baker Street, mais de la maison même où nous nous tenions cachés. Une porte s'ouvrit et se referma, puis des pas se firent entendre dans le vestibule et résonnèrent lugubrement dans la maison vide. Holmes s'aplatit contre la muraille ; je fis de même tout en saisissant la crosse de mon revolver. Dans l'obscurité je vis apparaître l'ombre d'un homme, qui se détachait vaguement en noir sur le fond sombre de la porte ouverte. Il s'arrêta un instant, s'avança avec précaution et d'un air menaçant dans la pièce. Cette figure sinistre était à trois mètres de nous, et je m'apprêtais à parer son attaque avant même de penser qu'il ne pouvait pas soupçonner notre présence. Il passa tout près de nous, se dirigea vers la fenêtre, et, doucement, sans bruit, il la souleva de quelques centimètres. Tandis qu'il s'agenouillait pour se placer à hauteur de cette ouverture, la lumière de la rue, que n'arrêtait plus la couche épaisse de poussière sur les vitres, le frappa de face. Il semblait en proie au plus grand trouble ; ses yeux brillaient comme deux étoiles et ses traits s'agitaient convulsivement. C'était un homme d'un certain âge, au nez mince, très accentué, au front haut et chauve, à la grosse moustache grisonnante. Un chapeau haut de forme était placé en arrière sur sa tête, et une chemise de soirée se faisait voir sous son pardessus entr'ouvert. Son visage était mince et halé, avec des rides profondes qui lui donnaient un aspect sauvage. Il tenait dans sa main un objet, qui paraissait une canne, mais qui rendit un son métallique quand il le posa à terre. Il tira ensuite de la poche de son pardessus quelque chose de volumineux, et parut ensuite très absorbé dans un travail qui se termina par un bruit sec, comme si un ressort ou un verrou s'était déclenché. Toujours agenouillé sur le sol, il se pencha en avant et s'appuya de toutes ses forces sur une sorte de levier ; on entendit comme un grincement, puis un bruit de déclic encore plus accentué. Il se releva et je vis alors qu'il tenait à la main une sorte de fusil d'une forme très bizarre. Il ouvrit la culasse, plaça quelque chose à l'intérieur et referma le verrou. Puis, se baissant, il posa le canon sur le rebord de la fenêtre, et je vis sa longue moustache frôler la crosse et son œil briller, tandis qu'il cherchait la ligne de mire. J'entendis un léger soupir de satisfaction, quand il serra la crosse à l'épaule, ayant au bout du canon la silhouette noire qui se détachait sur l'écran d'en face. Un instant il se tint rigide, sans un mouvement, puis son doigt appuya sur la détente ; on entendit un bruit sourd et un long sifflement suivi du son argentin d'une vitre brisée. À ce moment Holmes se précipita comme un tigre sur le tireur et le jeta la face contre terre. Celui-ci se relève en un instant et serre convulsivement Holmes à la gorge, mais je lui assène sur la tête un coup de crosse de mon revolver, et il retombe sur le sol. Je bondis sur lui et je le maintiens, pendant que mon compagnon lance un coup de sifflet. On entend aussitôt le bruit de pieds qui courent sur le trottoir et deux policemen en uniforme, précédés d'un détective en civil, entrent bientôt dans la maison et pénètrent dans la pièce.

– C'est vous, Lestrade ? dit Holmes.

– Oui monsieur Holmes, j'ai tenu à prendre l'affaire en main moi-même. Je suis bien heureux de vous revoir à Londres, monsieur.

– Je crois que vous avez besoin d'avoir un peu d'aide en dehors de votre personnel. Voilà en une année trois assassinats dont les auteurs n'ont pas été découverts ; cela ne peut continuer ainsi. Enfin, vous avez, contrairement à vos habitudes, conduit l'affaire du mystère de Molercy avec moins de… je veux dire que cela a à peu près marché…

Nous nous étions tous levés ; notre prisonnier, entouré des deux agents, avait la respiration haletante. Déjà quelques noctambules commençaient à former des groupes dans la rue. Holmes alla à la fenêtre, l'abaissa et descendit les stores.

Lestrade alluma deux bougies, les policemen découvrirent leurs lanternes et je pus contempler notre prisonnier.

C'était une physionomie mâle et sinistre que nous avions sous les yeux, un front de philosophe, une mâchoire sensuelle. Cet homme avait dû être réservé à de grandes destinées pour le bien ou pour le mal. Il était impossible de regarder ses yeux bleus bordés de cils tombants, dans lesquels brillait la cruauté cynique, de contempler ce nez farouche et agressif, ce front sombre creusé de rides profondes, sans être frappé des stigmates dangereux qu'y avait imprimés la nature. Il ne prêta aucune attention à nous ; son regard se fixa uniquement sur Holmes, avec une expression de haine et d'étonnement à la fois.

– Démon ! murmura-t-il… oui, vous êtes d'une habileté infernale !

– Ah ! colonel, dit Holmes tout en redressant son faux-col tout froissé, les voyages finissent par faire rencontrer les amoureux, comme dit l'autre.

Je ne crois pas avoir eu le plaisir de vous revoir, depuis que vous m'avez prodigué tant de délicates attentions lorsque j'étais couché sur le bord du précipice de Reichembach.

Le colonel continua à dévisager mon ami, comme un homme qui vit dans un rêve :

– Vous êtes d'une adresse infernale ! murmura-t-il.

C'était tout ce qu'il trouvait à dire.

– Je ne vous ai pas encore présenté, dit Holmes ; ce gentleman que vous voyez n'est autre que le colonel Sébastian Moran, qui appartenait autrefois à l'armée des Indes de Sa Majesté, et qui passait pour le meilleur tueur de fauves que notre Empire de l'Est ait jamais possédé. Je crois que j'ai raison, n'est-ce pas, colonel, en affirmant que jamais personne au monde n'a tué plus de tigres que vous ?

Le vieillard, furieux, ne répondit mot et continua à regarder fixement mon compagnon. Ses yeux sauvages et ses moustaches hérissées le faisaient lui-même ressembler étrangement à un fauve.

– Je suis étonné, continua Holmes, que mon stratagème si simple, qu'un enfant l'aurait éventé, ait pu mettre en défaut un vieux malin comme vous. N'avez-vous donc jamais attaché un jeune chevreau à un arbre sur lequel vous vous étiez mis à l'affût avec votre carabine, attendant que cet appât attirât la proie que vous convoitiez ? Vous saisissez la comparaison ?

Le colonel Moran s'élança en avant avec un hurlement de rage, mais les agents le maintinrent. La colère empreinte sur son visage était terrible à voir.

– J'avoue que vous m'avez causé une légère surprise, dit Holmes. Je ne pensais pas que vous auriez vous-même utilisé cette maison vide et cette fenêtre si commode ; je croyais, au contraire, que vous opéreriez de la rue, où mon ami Lestrade et ses braves camarades vous attendaient. À part cela, tout s'est passé comme je l'avais prévu.

Le colonel Moran se tourna vers le détective officiel.

– Vous avez ou vous n'avez pas de motifs de m'arrêter, fit-il, mais je ne vois pas pourquoi je resterais en proie aux moqueries de cet homme. Si je suis sous la main de la justice, je tiens à ce que les choses se fassent légalement.

– Ceci est très raisonnable, dit Lestrade. Vous n'avez plus rien à nous dire, monsieur Holmes, avant votre départ ?

Holmes avait ramassé par terre le terrible fusil à vent et en examinait son mécanisme.

– Voilà, dit-il, une arme unique et admirable : silencieuse et puissante ! Je connaissais von Herder, l'ingénieur allemand aveugle qui la construisit sous la direction du professeur Moriarty aujourd'hui décédé. Depuis des années, je savais son existence sans avoir eu toutefois le plaisir de l'examiner avant cette nuit. Je le recommande tout spécialement à votre attention, Lestrade, ainsi que les balles qu'il contient.

– Pour tout cela vous pouvez avoir confiance en nous, monsieur Holmes, dit Lestrade, tandis que le groupe se dirigeait vers la porte de sortie.

– Rien de plus à me dire ?

– Je veux seulement vous demander de quel crime vous allez l'inculper ?

– De quel crime, monsieur ? mais, bien entendu, de la tentative d'assassinat commise sur la personne de M. Sherlock Holmes.

– Non pas, Lestrade ; je ne veux en rien être mêlé à cette affaire. À vous, et à vous seul appartient le bénéfice de cette arrestation remarquable que vous avez opérée. Oui, Lestrade, je vous félicite : avec votre mélange habituel de ruse et d'audace vous l'aurez arrêté.

– Arrêté qui ? Oui, arrêté qui, monsieur Holmes ?

– L'homme que la police s'efforçait en vain de découvrir… le colonel Sébastian Moran, qui a tué l'honorable Ronald Adair avec une balle explosive lancée au moyen de son fusil à vent à travers la fenêtre ouverte d'une pièce du deuxième étage de la maison no 427 Park Lane, le 30 du mois dernier. Voilà le crime, Lestrade. Et maintenant, Watson, si le courant d'air d'une fenêtre brisée ne vous gêne pas, je crois que c'est le moment d'aller fumer un cigare dans mon cabinet.

. . . .
. . . .
. . . .
. . . .

Notre vieil appartement n'était pas changé, grâce aux précautions de Mycroft Holmes et aux bons soins de Mrs. Hudson. En entrant, j'aperçus un ordre inaccoutumé, mais les vieux souvenirs étaient à leur place habituelle. Dans un coin, la table aux expériences chimiques, dont le bois blanc était taché par les acides ; sur la planche, une rangée formidable de cahiers ainsi que de répertoires que tant de nos concitoyens eussent désiré voir anéantis, le calendrier, la boîte à violon, le râtelier à pipes, et même la pantoufle de Perse qui contenait le tabac ; je revis tout cela en un coup d'œil circulaire. La chambre était occupée par deux personnes ; d'abord par Mrs. Hudson qui parut ravie de nous revoir, et ensuite par l'étrange mannequin qui avait joué un rôle si actif dans les aventures de notre soirée. C'était un moulage en cire de mon ami, fait avec tant d'art que la ressemblance était parfaite. Il était placé sur une colonne et drapé d'une vieille robe de chambre de Holmes, de telle façon que, de la rue, l'illusion fût complète.

— J'espère que vous avez pris toutes les précautions, mistress Hudson ? dit Holmes.

— Je me suis mise à genoux, comme vous me l'aviez dit, pour l'arranger.

— Très bien. Vous avez admirablement réussi. Avez-vous remarqué où la balle a frappé ?

— Oui, monsieur ; je crains bien que votre superbe buste n'ait été très abîmé, car la balle a traversé la tête et est allée s'aplatir contre le mur. La voici !…

Holmes la prit et me la tendit :

— C'est une balle molle de revolver, ainsi que vous pouvez le voir, Watson, dit-il. C'est un coup de génie, car qui pourrait croire qu'un pareil projectile ait pu être lancé par un fusil à vent ? Cela va bien, mistress Hudson, je vous remercie de votre aide. Et maintenant, Watson, asseyez-vous à votre place d'autrefois, car je veux vous faire connaître plusieurs détails.

Il avait ôté sa vieille redingote, endossé sa robe de chambre couleur gris souris qu'il avait enlevée au mannequin : c'était bien le Holmes de jadis !

— Les nerfs du vieux gredin n'ont pas perdu leur calme, ni son œil sa précision, dit-il en riant tout en examinant le front troué du buste. Le plomb a frappé derrière la tête et eût traversé le cerveau. C'était le meilleur fusil des Indes et je crois bien qu'il y en a peu à Londres qui le vaillent. Avez-vous déjà entendu prononcer son nom ?

– Non, jamais.

– Eh bien, voilà donc ce qu'est la gloire ! Vous n'aviez pas non plus, si mes souvenirs sont exacts, entendu parler du professeur Moriarty, qui fut une des lumières du siècle. Passez-moi donc, s'il vous plaît, mon index biographique qui est là sur la planche.

Il tourna les pages avec nonchalance, en s'allongeant dans son fauteuil et en tirant de grosses bouffées de son cigare.

– Ma collection des M est très belle, dit-il. Moriarty suffirait à lui tout seul pour illustrer cette lettre, et voici encore Morgan l'empoisonneur, Miwidew de sinistre mémoire, Mothew qui me brisa une canine dans la salle d'attente de la gare de Charing Cross ; enfin, voici notre ami de ce soir.

Il me tendit le livre et je lus.

« Moran (Sébastian), colonel en non-activité. Appartenant au 1er pionniers du Bengalore, né à Londres, 1840, fils de sir Auguste Moran C. B., ancien chargé d'affaires en Perse. Élevé à Eton et à Oxford. A fait les campagnes du Jowaki, de l'Afghanistan, de Ghaziabah (service des dépêches), de Sherpur et de Cabul ; auteur de La Chasse aux fauves dans l'Himalaya occidental (1881), Trois Mois dans la jungle (1884).

« Clubs : Anglo-Indien, Tankerville, cercle de jeu de Bagatelle. »

En marge était écrit de l'écriture si nette de Holmes : « Le deuxième parmi les plus dangereux de Londres. »

– C'est étonnant, m'écriai-je en lui rendant le volume. La carrière de cet homme est celle d'un soldat valeureux.

– C'est vrai, dit Holmes ; jusqu'à une certaine époque, il est resté dans le droit chemin. Il avait des nerfs d'acier et on raconte encore, dans les Indes, une histoire à son sujet. Il serait descendu dans un égout à la recherche d'un tigre blessé qui y dévorait des hommes. Il y a certains arbres, voyez-vous, Watson, qui, arrivés à une certaine hauteur, laissent pousser tout à coup des protubérances horribles ; souvent aussi, on voit cela chez les humains. Ma théorie est que l'individu représente dans son développement la lignée de ses ancêtres, et que les brusques orientations vers le bien ou le mal sont dues à une influence maîtresse qui puise sa source dans l'hérédité : l'individu ne serait, somme toute, que l'abrégé de l'histoire de sa famille.

– C'est peut-être bien hasardeux !

– Aussi je n'insiste pas. Quoi qu'il en soit, le colonel Moran s'est orienté vers le mal. Sans qu'il y ait eu scandale public, il ne pouvait plus rester aux Indes. Il prit sa retraite, vint à Londres et s'y fit une triste réputation. C'est à cette époque qu'il fit la connaissance du professeur Moriarty, et, pendant un certain temps, il fut le chef de sa bande. Moriarty le paya largement et ne l'employa que dans une ou deux affaires que n'aurait jamais osé entreprendre un vulgaire criminel. Peut-être vous rappelez-vous la mort de Mrs. Stewart, de Lander, en 1887 ? Non ? Eh bien, je suis sûr que Moran a trempé dans le crime, mais on n'a rien pu prouver. Le colonel se dissimulait avec tant d'habileté que, lorsque notre coup de filet eut enveloppé toute la bande, il ne put même se trouver incriminé. Vous rappelez-vous qu'à ce moment j'allai vous voir à votre appartement et que j'eus soin de fermer tous les contrevents, par crainte des fusils à vent ? Vous m'avez sans doute considéré comme quelque peu maniaque ; je savais pourtant ce que je faisais, car je connaissais déjà l'existence de ce fusil étonnant, et j'avais appris qu'il était entre les mains d'un des meilleurs tireurs du monde. Quand nous partîmes pour la Suisse, il nous suivit en compagnie de Moriarty et ce fut, sans nul doute, lui-même qui me fit passer un si mauvais quart d'heure sur le bord du précipice de Reichembach.

Comme bien vous pensez, pendant mon séjour en France, j'ai lu les journaux avec la plus grande attention, comptant toujours sur une chance qui me le livrerait. Tant qu'il était en liberté, mon existence à Londres courait les plus grands risques. Nuit et jour, ma vie eût été menacée par cet homme, qui m'aurait, tôt ou tard, frappé. Que pouvais-je faire ? Il m'était impossible de le tuer à bout portant, car j'eusse été moi-même mis sous les verrous. Je ne pouvais avoir recours aux magistrats, ils refuseraient de rien faire sur un simple soupçon. J'étais donc impuissant, mais je suivais de près les affaires criminelles sachant bien qu'un jour viendrait où je le prendrais en flagrant délit. Survient l'assassinat de Ronald Adair. Enfin, les circonstances me servaient ! Sachant ce que je savais, n'était-il pas certain que l'assassin était le colonel Moran ? Il avait dû jouer aux cartes avec le jeune homme, le suivre depuis son club jusqu'à son domicile ; sans nul doute il avait tiré sur lui à travers la fenêtre ouverte. Les balles, à elles seules, devaient suffire pour lui faire mettre la corde au cou. Je revins de suite, son guetteur me vit et je compris qu'il allait faire connaître ma présence au colonel ; celui-ci ne pouvait manquer de faire coïncider, dans son esprit, mon retour inattendu avec le crime qu'il venait de commettre et d'en éprouver une vive anxiété. J'étais sûr qu'immédiatement il s'efforcerait de se défaire de moi et qu'il se servirait de son arme meurtrière. Je lui laissai devant la fenêtre de mon appartement une cible merveilleuse, après avoir prévenu la police que je pourrais avoir besoin de son concours. Vous n'avez, d'ailleurs, pas manqué, mon cher Watson, de remarquer la présence des agents sous la porte cochère. Je me rendis à notre poste d'observation, que j'avais trouvé fort bien disposé, sans soupçonner qu'il choisirait le même local pour son attaque. Et maintenant, mon cher Watson, me reste-t-il quelque chose à vous expliquer ?

– Oui, répondis-je. Vous ne m'avez pas encore dit le mobile qui a poussé le colonel Moran à assassiner l'honorable Ronald Adair ?

– Ah ! mon cher Watson, ici nous rentrons dans le domaine des conjectures, où la logique peut facilement être mise en défaut. Tout le monde peut former des hypothèses sur cette affaire, et les vôtres peuvent être aussi justes que les miennes.

– Vous en avez certainement formé une n'est-ce pas ?

– Je crois que les faits ne sont pas très difficiles à expliquer. Il est établi, par l'enquête, que le colonel Moran et le jeune Adair, associés au jeu, ont gagné une assez forte somme. Moran, sans aucun doute, avait triché ; je savais d'ailleurs depuis longtemps que c'était un grec. Je pense que le jour de l'assassinat, Adair avait dû découvrir la fraude ; il lui en parla sans doute, en particulier, en le menaçant de le faire afficher s'il ne donnait pas immédiatement sa démission de membre du club, en promettant de ne plus toucher une carte. Sans doute, un jeune homme comme Adair eût hésité à susciter un pareil scandale en faisant afficher un homme aussi connu et beaucoup plus âgé que lui, c'est pourquoi il dut agir comme je viens de l'indiquer. L'exclusion des clubs eût causé la ruine de Moran, qui ne vivait que du produit de son jeu frauduleux. C'est pourquoi il assassina Adair au moment où celui-ci était en train de rechercher quelle somme d'argent il avait à rendre, ne voulant pas profiter des agissements de son partenaire. Il avait sans doute fermé sa porte à clef pour éviter d'être surpris par sa mère et sa sœur, et devoir à répondre à leurs questions, tandis qu'il écrivait les noms et comptait l'argent. N'est-ce pas cela ?

– Je suis convaincu que vous avez vu absolument juste.

– Ce sera établi ou non au procès. Advienne que pourra, le colonel Moran ne nous causera plus d'inquiétudes ; le fameux fusil à vent de von Herder ira grossir la collection de Scotland Yard, et, une fois de plus, M. Sherlock Holmes pourra consacrer sa vie à l'examen de ces petits problèmes si intéressants et si nombreux dans la vie complexe de Londres !